አንበሳ እና አይጥ
The Lion and The Mouse
(Amharic Version)

arn about additional and related
oducts by visiting at www.kiazpora.com

ከዕለታት አንድ ቀን፣ አንበሳ በዱር ውስጥ ተኝቶ ነበር። ባለግርማ ሞገስ ራሱን በመዳፉ አንተርሶ ነበር።

Once upon a time, a lion lay asleep in the forest. His great head was resting on his paws.

አንድ በጣም ትንሽ አይጥ ወደ አንበሳ ተጠጋች። "አንበሳ እንቅልፍ ስለወሰደው ፤ እኔ እዚህ እንዳለሁ በፍፁም ሊያውቅ አይችልም" በማለት አይጥ አሰበች።

A timid little Mouse came upon him very close. "Since the Lion is sleeping," thought the mouse, "he'll never suspect I'm here!"

አይጥም አንበሳን በመደነቅ ትመለከተው ነበር። ግን ድንገት ሳታስበው የአንበሳን አፍንጫ ነካች።

The little mouse admired the lion's long hair.
Unexpectedly, she ran across the Lion's nose.

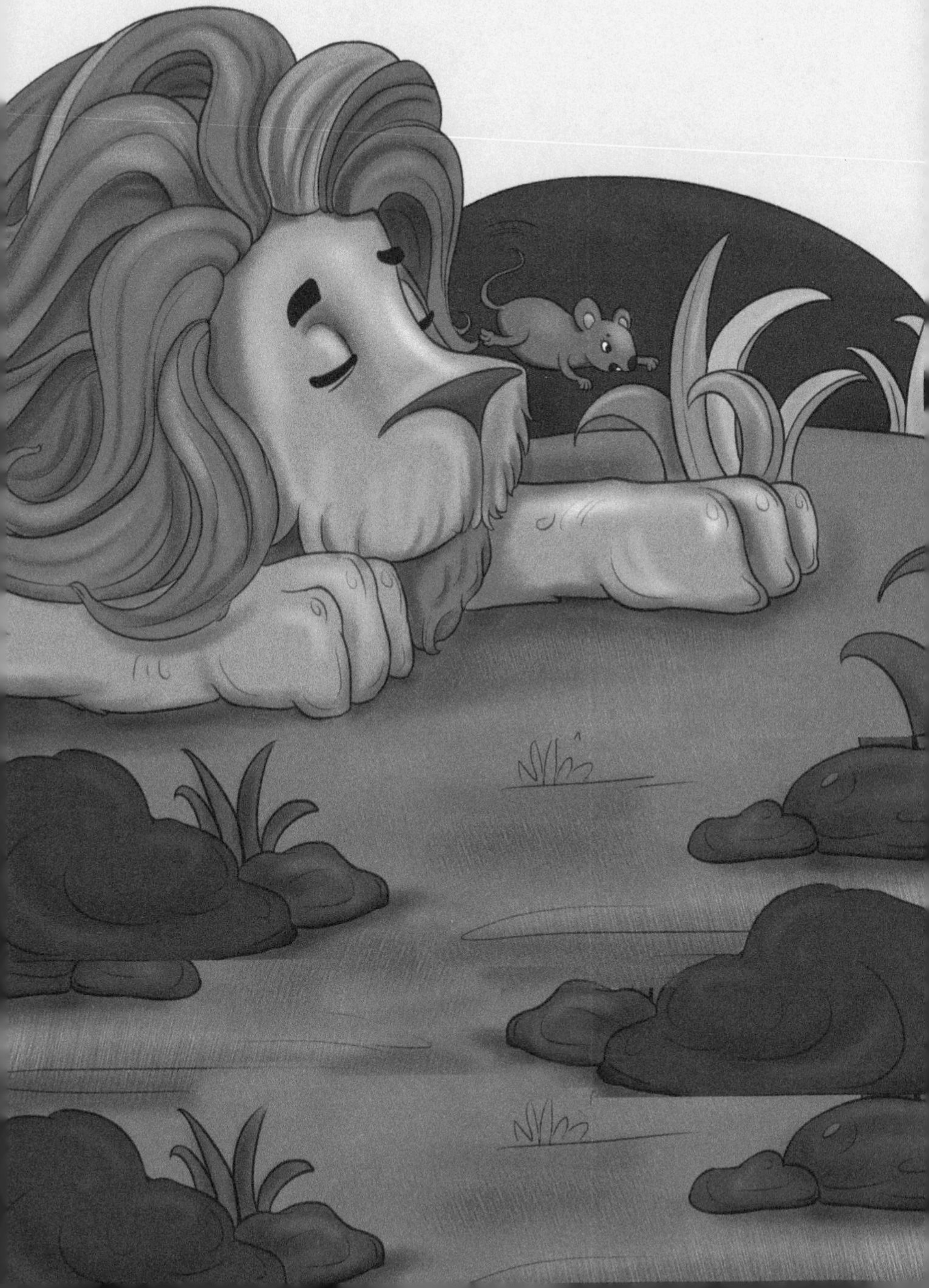

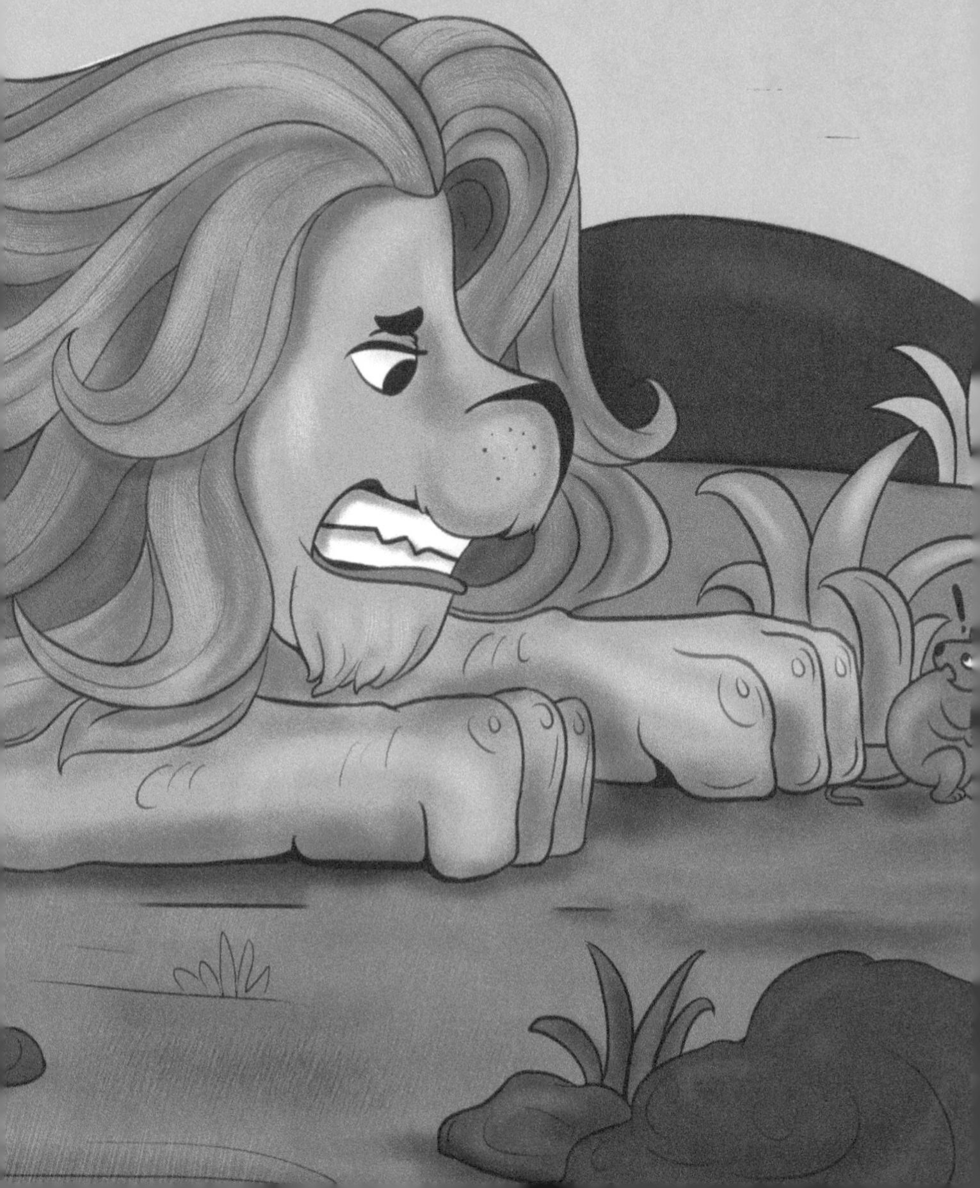

አንበሳም ከእንቅልፉ ብንን ብሎ ተነሳ። ትንሿ አይጥም በጣም በመፍራቷ ለማምለጥ ሞከረች።

The lion awoke from his nap.
The little mouse was frightened and tried to get away.

አንበሳም ትንኟን አይጥ ተመለከታት።
አንበሳም አይጧን ለመግደል ፤
ግዙፍ መዳፉን በፍጥነት ጫነባት።

But the lion quickly laid his huge
paw angrily on the tiny creature to kill her.

"ማረኝ፣ የሆነ ቀን ልረዳህ እችላለሁ"
በማለት ምስኪኗ አይጥ ለመነችው።

"Spare me!" begged the poor Mouse.
"I'll come back and help you someday."

አንበሳም ፥ አይጥ ልትረዳው እንደምትችል ማሰቧ እጅግ በጣም አስገረመው።
"አንቺኮ በጣም ትንሽ ነሽ!
እንዴት ነው አንቺ የምትረጂኝ" ብሎ ጠየቃት።

The Lion was amused to think that a
Mouse could ever help him.
"You are so small! How could you ever help me?"
asked the lion.

"እባክህ ማረኝ፣ በእውነት አንድ ቀን
ውለታህን እመልሳለሁ"
አለች ምስኪኗ አይጥ።

"Please let me go and someday I will surely repay you,"
said the little mouse.

"ድፍረትሽን ወድጄዋለሁ" አለ አንበሳ። አንበሳም መዳፉን አነሳለት።

"I like your courage," said the lion.
He lifted up his paw.

አንበሳም ወደ እንቅልፉ ተመልሶ ተኛ፡፡
አይጥም እየሮጠች በጣም ሩቅ ሄደች፡፡

The lion went back to sleep and
the mouse ran until she was far, far away.

አንድ ቀን፣ አዳኞች ወደ ዱር መጡ። አንበሳን ተኝቶ ተመለከቱት።

The next day, hunters came to the jungle.
They saw the lion resting in the sunny day.

ከዚያም፣ አንበሳ ከሚተኛበት ቦታ ሲሄድ፤
አዳኞቹ ረዥም የገመድ ወጥመድ አዘጋጁ።

After the lion left, the hunters set a huge rope snare.

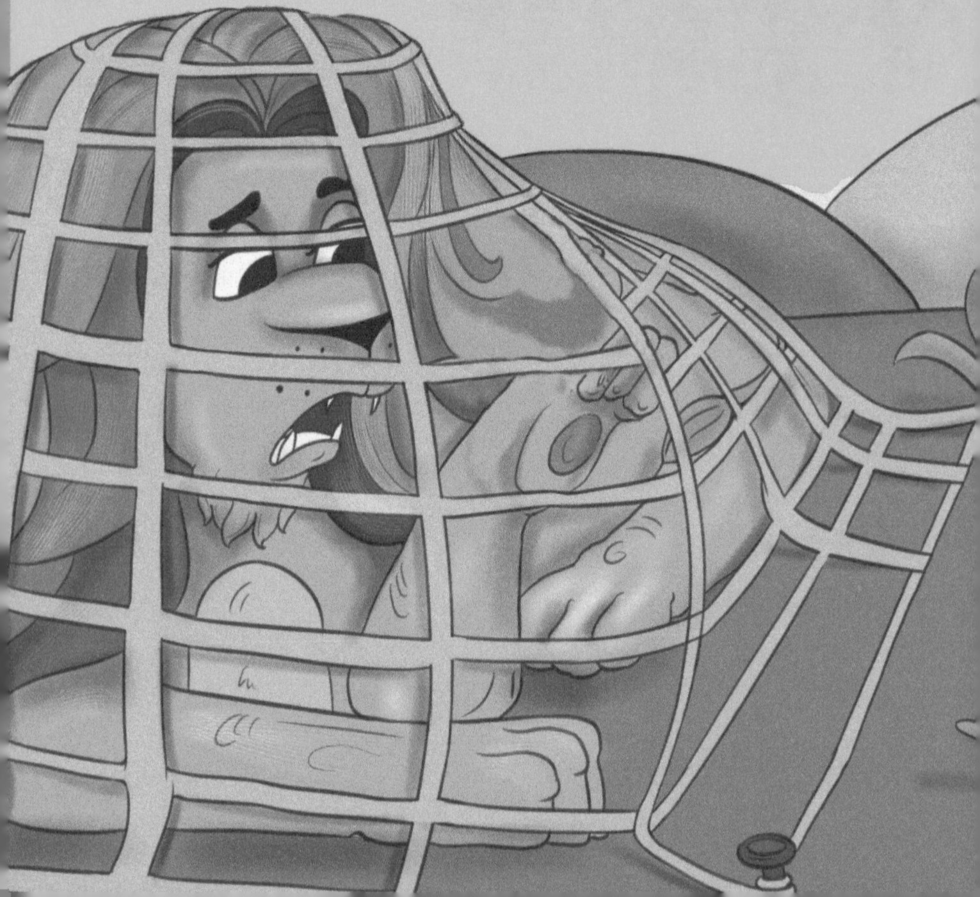

አንበሳም ከሄደበት ሲመለስ
ወጥመድ ውስጥ ገባ።

When the lion came home, he stepped into the trap.
He struggled to free himself from the net.

አንበሳም ከወጥመድ ማውጣት ባለመቻሉ፣
ጫካውን በሙሉ በንዴት ጩሀት አናወጠው።

Unable to free himself, the lion filled the forest with
his angry roaring. He roared and roared again.
But he could not pull himself free.

አይጢቷም የአንበሳን የጭንቅ ጩሀት ሰማች። እርሷም አንበሳውን ለመፈለግ እየሮጠች ሄደች።

The little mouse heard the lion's pitiful roar.
She ran to the forest to find the lion.

አይጥም፥ አንበሳን በወጥመድ ውስጥ ገብቶ ለመውጣት ሲታገል አገኘችው። "እኔ ልረዳህ መጥቻለሁ" አለች።

The little mouse found the lion struggling in the net.
"I am here to help you," she said to the lion.

አንበሳም፣ ትንሿ አይጥ እንዴት ልትረዳው
እንደምትችል በድጋሚ አስገረመው።
"አይይይ አንቺ ትንሽ አይጥ፣
እባክሽ ሂጂና የሚረዳኝ ፈልጊልኝ" አለ አንበሳ።

The lion was again amused how the little
mouse could help him.
"Oh little mouse, please run and
find somebody to help me," said the lion.

አይጥም "አንተን በደንብ አስታውስሃለሁ" አለች። “አንድ ቀን ይዘኸኝ ልትበላኝ ፈልገህ ነበር። ግን ህይወቴን በማዳን ረድተህኛል። ዛሬ ውለታህን ልመልስልህ ነው የመጣሁት" አለች።

“I remember you well, “ said the mouse. “One day you caught me and wanted to eat me. But you were very kind to let me go. Now it is my turn to help you.”

አይጢትም ወጥመዱ አንድ ላይ ሆኖ የተቋጠረበትን ወፍራም ገመድ ተመለከተች።

The mouse eyed the trap and noticed the one thick rope that held it together.

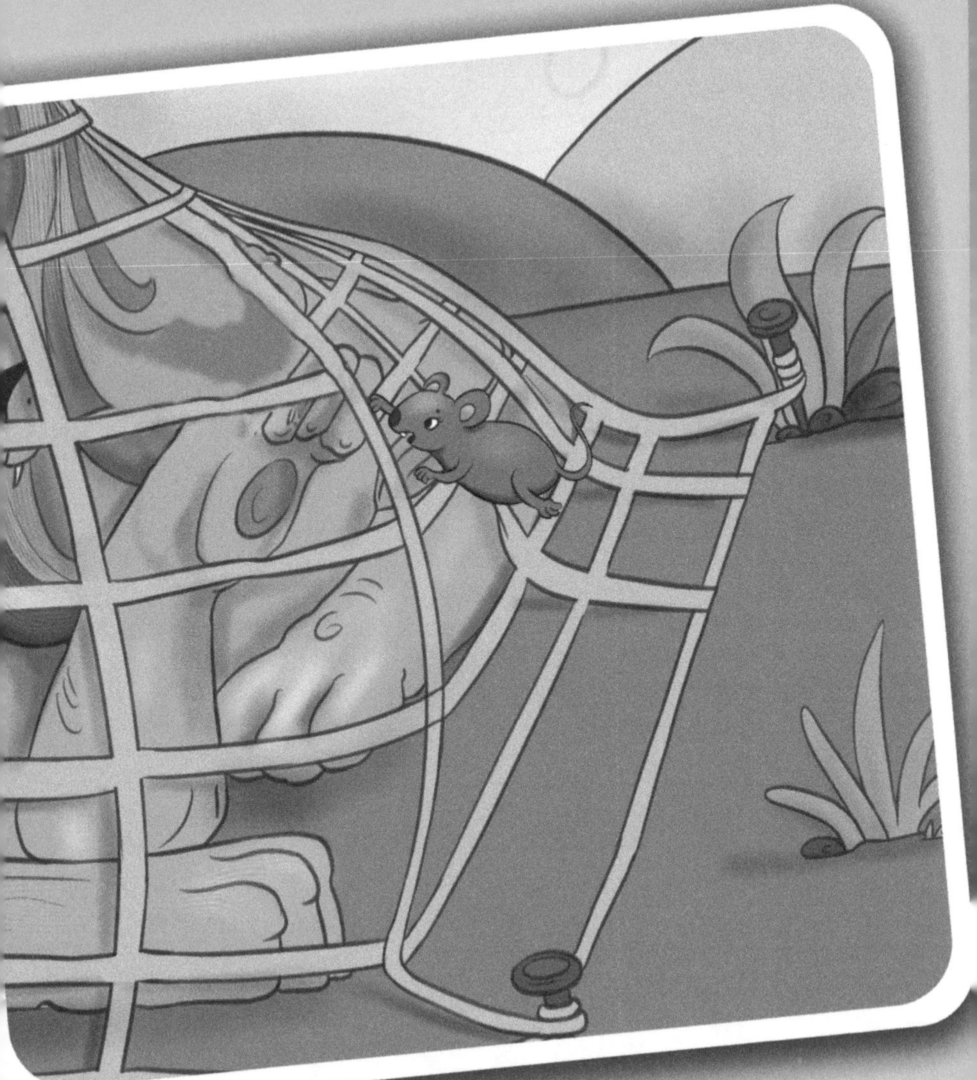

እርሷም በፍጥነት ገመዱ ላይ ዘላ በመውጣት
በጥርሷ ትከርክረው ጀመረች።
ከዚያም አንድ በአንድ እየቆረጠች ቀጠለች።

She quickly jumped to the rope and began to gnaw it.
She continued nibbling and nibbling one
rope at a time.

አንበሳም ጠፍሮ ይዞት የነበረውን ገመድ በማወዛወዝ ማስለቀቅ ቻለ። አንበሳም በድጋሚ ነፃ መሆን ቻለ።

The lion was able to shake off the other ropes
that held him tight.
The lion stood up free again!

"ውለታህን እከፍላለሁ ስልህ ስቀህብኝ ነበር"
አለች ትንሿ አይጥ።

"You laughed when I said I would repay you,"
said the little Mouse.

"ውድ ጓደኛየ፣ በአንቺ ትንሽነት መቀለዴ
በሞኝነት ነበር። ከሁሉም ይበልጥ ግን
አንቺ ህይወቴን በማዳን ረድተሽኛል!"
አለ አንበሳ።

The lion turned to the mouse and said,
"Dear friend, I was foolish to ridicule you for being small.
You helped me by saving my life after all!"

"አየህ፣ አይጥ አንበሳን መርዳት
እንደምትችል ተመለከት!" አለች ትንሿ አይጥ።
የታሪኩ ጭብጥ፡
“መልካም ላደረገ መልካም ምላሽ ይገባዋል።”

"Now you see that even a Mouse can help a Lion,"
said the little mouse.
The Moral of the story: One good turn deserves another.

አንበሳ እና አይጥ

The Lion and The Mouse

This book belongs to:

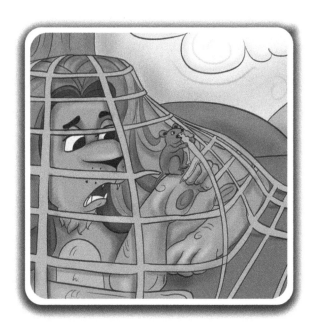

CPSIA information can be obtained
at www.ICGtesting.com
Printed in the USA
LVHW071518190520
655946LV00023B/1989

5168202